TANCRÈDE MARTEL

LES

FOLLES BALLADES

AVEC PRÉFACE ET COMMENTAIRE

*Voici les vers que dans mes courses
J'ai faits, au hasard du chemin,
Ainsi que l'on boit l'eau des sources
Dans le creux brûlant de sa main.*

ALBERT GLATIGNY.

IMPRIMÉ A PARIS
PAR A. QUANTIN ET Cⁱᵉ
POUR LAVEIRARIÉ, LIBRAIRE A MARSEILLE
M DCCC LXXIX

Ye

35/9

LES

FOLLES BALLADES

TANCRÈDE MARTEL

LES

FOLLES BALLADES

AVEC PRÉFACE ET COMMENTAIRE

Voici les vers que dans mes courses
J'ai faits, au hasard du chemin,
Ainsi que l'on boit l'eau des sources
Dans le creux brûlant de sa main.
ALBERT GLATIGNY.

IMPRIMÉ A PARIS

PAR A. QUANTIN ET Cie

POUR LAVEIRARIE, LIBRAIRE A MARSEILLE

M DCCC LXXIX

JUSTIFICATION DU TIRAGE

Tiré à 25 exemplaires sur papier de Chine
    25   —   — Whatman
  100   —   — Hollande
  150   —   — Teinté
  150   —   — Vélin fort.

Tous ces exemplaires sont numérotés et parafés
par l'Éditeur.
Les exemplaires sur papier Whatman et Chine
sont numérotés à la presse.

EXEMPLAIRE SUR PAPIER TEINTÉ

N° ....

A

THÉODORE DE BANVILLE

Le plus humble de ses disciples,

T. M.

PRÉFACE

Si vous aimez les romans de M. de Montépin, amis lecteurs, ne lisez point cette préface et fermez vite ce volume.

Rien ne me serait plus désagréable que de voir mon pauvre petit livre reposer, dans votre bibliothèque, à côté des *Tragédies de Paris* ou de *Sa Majesté l'Argent.* Ces trop niaises aventures, narrées par une infatigable plume d'oie, m'ont laissé, mécréant que je suis! complètement indifférent; et c'est à la glu des Goncourt, de Daudet, de Fabre et de Cladel que je me suis laissé prendre. Je ne veux point me priver du plaisir de crier sur l'ardoise de tous les toits quelles sont mes opinions littéraires. En art, j'aime tout ce qui est original et pittoresque. L'observation des mœurs, la justesse des idées m'intéressent vivement; je trouve que les récits les plus truculents sont inséparables d'une belle forme, comme ces bizarres monnaies d'Orient qui servent de repoussoirs aux médailles grecques ou syracusaines. La belle plastique me délecte, et je fais plus cas des livres qui ont « la ligne » que des femmes qui l'ont aussi. Je suis féru d'amour pour certaine régalante gargouille de l'Hôtel Cluny; mais je ne porterai jamais de drame en cinq actes et en vers à Émile Perrin, à cause de la façade de son théâtre. Ma plus chère ambition, maintenant que j'ai publié un livre, est d'obtenir de l'archevêque de Paris la permission de coucher dans une des tours de Notre-Dame. Enfin, quand j'aurai déclaré que je vis en mauvaise intelligence avec les œuvres complètes de M. Victor de Laprade et que je donnerais volontiers un bon chien de garde et deux membres de l'Institut en échange de la plus chétive fantaisie d'Aloysius Bertrand, ce Rembrandt de la prose, on comprendra facilement pourquoi je prise si peu *la Vicomtesse Germaine* et autres ragoûts apprêtés par le plus fécond de nos vicomtes.

Au fond, la destinée s'est conduite à mon égard d'une façon impertinente. Elle aurait dû faire de moi un de ces soldats bactriens auxquels Sémiramis réclamait quelques légères distractions en ce bas monde; ce qui eût été, pour un coloriste, une magnifique occasion de visiter en détail les jardins suspendus de Babylone. Cependant, après avoir fait sur les planches de la vie ce que Mlle Jeanne Granier s'amuse quelquefois à faire sur celles de la Renaissance, c'est-à-dire manqué mon entrée en scène, je me suis bientôt consolé en m'établissant faiseur de poèmes, le seul métier que je trouve digne de l'homme qui n'aurait aucun goût pour l'état de dieu.

Si vous partagez mes théories, — et je ne veux point vous faire l'injure de croire le contraire, — vous trouverez peut-être étrange que je vienne vous rendre ma première visite avec un recueil de ballades sous le bras, alors que tant d'autres s'en tiennent à la simple prose. De plus, si vous me lisez religieusement, c'est-à-dire depuis ma préface jusqu'au dernier mot de mon commentaire, vous me flairerez peut-être dédaigneusement, vous vous apercevrez que mes rimes traînent avec elles on ne sait quel relent d'archaïsme, malgré la bonne odeur du papier sur lequel elles sont alignées; et, toutes vos réflexions faites, le cœur léger, vous me jetterez à la tête le joli mot de *parnassien,* devenu l'accessoire indispensable de toute bonne colère de lecteur. Franchement je vous remercierai de l'insulte, car je me suis assez donné de mal pour la mériter.

Cependant, ô lecteurs! oyez ma défense. Si mon volume ne se compose que de ballades, c'est parce que ce rythme, dont mon maître Théodore de Banville a fait une restauration si brillante, est merveilleusement propre au rire comme aux pleurs, aux idées les plus folles comme aux idées les plus tristes. C'est de la ballade que se sert Pierre Vachot pour jeter son exclamation tyrtéenne : *Car France est cymetière aux Anglois!* C'est avec une ballade que le vieux soudard Guy de la Trémouille affirme victorieusement l'antique devise des chevaliers : *En ciel un Dieu, en terre une Déesse.* Mais le plus grand d'entre les rois de ce poème à forme fixe est incontestablement ce va-nu-pieds de François Villon, robuste nature poétique, espèce de truand de l'art, dont les succulentes œuvres feront longtemps encore l'étonnement et la joie des véritables lettrés. Poète à triple face, Villon a légué à Gringoire le sentiment philosophique, à Marot ses échappées lyriques, à Regnier la verve satirique. Entre ses mains, la ballade a jeté au vent les plus pittoresques chansons. Sous une forme enjouée, elle a dit les luttes intérieures de l'homme, ses joies naïves, ses souffrances ou ses gaietés folles. Elle a toujours parlé le grand langage de l'humanité. Qu'y a-t-il de plus mélancolique au monde que la *Ballade des dames du temps jadis?* Où trouverez-vous plus d'art, de larmes et de passion que dans cette chaude esquisse païenne qui a nom la *Ballade de Villon et de la grosse Margot?* ou plus de résignation philosophique qu'en cette œuvrette dont l'antithétique refrain s'écrie : *Je meurs de soif auprès de la fontaine?* En vérité, mes maîtres, tenez le vers pour une belle forme et la ballade pour un appétissant morceau. C'est bien pour cette raison qu'ayant à jeter quelques-unes de mes joies et de mes douleurs sur le papier, je me suis mis à cracher des ballades. Elles vous paraîtront peut-être bien folâtres ; mais Helvétius n'a-t-il pas dit que tous les instants de la vie ne peuvent être sévères? D'ailleurs, il en est parmi elles qui sont moins gaies qu'elles n'en ont l'air. C'est par la sincérité de leurs accents, leur pétulance juvénile, qu'elles se recommandent à la critique. Mon livre, qui n'a que six cents vers, est peut-être une œuvre dont les fringantes pages se heurtent à la façon de voir et de sentir

des quatre cinquièmes de l'humanité;
mais je vous défends de dire que je ne
fus point ému en l'écrivant.

Et maintenant, si vous le voulez
bien, passons, comme disent les bate-
leurs, à un autre exercice. Laissez-moi
vous expliquer pourquoi, ne pouvant
plus être avec les romantiques, j'ai
déposé ma vielle et ma colichemarde
dans la maison des parnassiens, qui
sont vivants comme vous et moi.

Telle qu'elle est édifiée, la petite
chapelle parisienne de Leconte de
l'Isle a remplacé la grande cathédrale
gothique de 1830. Chacun des offi-
ciants est venu enrichir les domaines
de la communauté de l'originalité
d'esprit qui lui est propre; tous ont
voulu, en vrais païens, pouvoir dire
un jour qu'ils avaient élevé leur mo-
nument *ære perennius*. Le maître s'est
bâti dans un coin un temple en marbre
de Paros, orné de colonnes ioniques
et entouré de verveine et de lauriers-

roses ; Mendès habite au fond d'une pagode, à deux pas du palais d'un éléphant blanc ; d'Hervilly, vêtu d'une robe à ramages, erre paisiblement, un écran à la main, dans une tour en porcelaine ; Coppée sommeille, la guitare au poing, non loin d'un châtel florentin envahi par les clématites. Mais chacun de ces vaillants artistes marche vers le même but, tout en réalisant le rêve longtemps caressé. En poésie, les plus grandes préoccupations de l'école parnassienne sont la beauté de la forme, la richesse des rimes, l'originalité des idées, la pureté de l'architectonique. Les premiers encouragements sont venus de Victor Hugo, de Gautier, de Banville, de Baudelaire. Aussi les disciples de l'auteur des *Poèmes barbares*, fouettés par ces quatre royales inspirations, sont-ils devenus de véritables orfèvres, experts en la ciselure du sonnet et de l'odelette autant qu'habiles en l'art de sertir la sextine ou la ballade. Théophile Gautier, ce tonitruant poète qui prosait et rimait à fresque, trop Grec pour donner ses filles à ceux dont la Muse n'avait point emmiellé les lèvres, a laissé, comme fidèles représentants de son style magique au milieu de ses bien-aimés parnassiens, ses deux gendres, Catulle Mendès et Émile Bergerat, et sa fille Judith Mendès, une orientaliste de mérite. C'est une simple façon de dire que la couleur est avec eux.

Quelques-uns de ces égreneurs de rimes cultivent plusieurs arts à la fois. De ce nombre sont Claudius Popelin, qui est aussi bon émailleur qu'excellent aquafortiste ; André Gill, impeccable comme poète lyrique autant que comme peintre et dessinateur ; le comédien Mounet-Sully, cet irrégulier de l'art dramatique, et le peintre Jules Breton, qui a su glisser dans un recueil de vers la couleur et le sentiment de ses paysages. Partout l'étude, le pourchas implacable du beau, du nouveau, du grand. Dans les arts, la même recherche d'une forme idéale est poursuivie à l'aide des différentes ressources fournies par chaque art lui-même. Ce lumineux programme, d'une esthétique si sereine, à force d'être publié à son de trompe par ses fervents, qui le plaçaient devant leur corps comme une égide, a présidé en ces dernières années à l'éclosion d'une magnifique floraison poétique. De là, utilité et nécessité des parnassiens cantonnés chez Alphonse Lemerre.

Quant aux parnassiens de la province, ceux dont une de mes ballades chante les mœurs, j'ai constaté après bien d'autres que cette singulière espèce d'hommes existe réellement, quoique de prime abord la chose paraisse peu croyable. Elle se compose de jeunes gens, bruns pour la plupart, qui se sont mis, à leur sortie du collège, à gratter du papier en rechignant chez un notaire ou un avoué. Ils s'appellent Légion et viennent d'un peu partout. Mais les provinces situées entre la Loire et la Méditerranée en produisent au moins les trois quarts. C'est à peu près la proportion indiquée par l'auteur des *Funambulesques* :

> En ces temps dédaigneux, la rime
> A force amants et chevaliers.
> Ces chanteurs, pour qu'on les imprime,
> Accourent chez nos hôteliers
> De Voiron, pays des toiliers,
> D'Auch, de Nuits, de Gap et de Lille.

Presque tous refusent énergiquement de faire leur droit ou achètent, avec la somme destinée à leurs inscriptions, les œuvres de Victor Hugo, une tête de mort et quelques épées de ligueurs d'une authenticité douteuse. Ils ont quelquefois un oncle riche ; et comme ils se doutent bien qu'on les livrerait un jour aux caprices conjugaux de leur cousine, *pianoteuse*, *aquarelleuse*, élevée au couvent des Oiseaux, complète enfin, ils vont boire de la groseille chez le brandevinier du coin, afin de faire croire qu'ils s'absinthent. Entre temps, ils font, mais rarement avec succès, la cour aux actrices et principalement aux chanteuses légères, embêtent les droguistes de la place de l'Église, dînent assidument chez le receveur particulier parce qu'il a dans sa cave du malaga de six ans, entassent drames sur romans et comédies sur poèmes, tout en jurant de tuer d'un coup de kriss malais le premier d'entre les trois pharmaciens du pays qui voudra poser leur candidature à la Société de statistique. De loin en loin, ils déclarent perfidement, dans quelque revue traitant de matières économiques, que l'on aurait dû décimer l'épicerie française le jour de la mort de Gautier, ou que l'agriculture manque de bras depuis qu'il y a toute une colonie de ducs à l'Académie. Au demeurant, les meilleurs fils du monde.

Toujours des dettes, parfois des gants.

Un beau jour le parnassien de province se réveille de fort bonne humeur, allume sa pipe, fait sa malle et court à la gare voisine, où il réclame un billet pour Paris. Ses vingt ans viennent de sonner. A son arrivée dans l'ex-capitale, il va se loger dans un petit hôtel du pays latin et prendre ses repas non loin du passage Choiseul, afin de connaître au plus tôt *l'éditeur*, ce personnage fabuleux qui jouera un si grand rôle dans sa vie. Le voilà hors de son quartier. Oh! comme son cœur bat au milieu de ce monde qu'il trouve froid, indifférent, égoïste! Il tremble, lui chétif, à la seule pensée qu'il est venu demander à cette grande ville l'aumône d'un peu de gloire. L'émotion l'accable quand il se retrouve seul à lutter contre tant d'hommes réunis et dont les ambitions, les intérêts, les plaisirs sont absolument opposés aux siens. Le cri sauvage de Brennus : *Væ victis !* ce cri qui glaçait d'effroi Mürger et ses bohèmes, lui revient aux oreilles, vaguement mêlé à des souvenirs de jeunesse. Artiste, il a peur de voir ce sol sacré se dérober sous ses pieds. Soldat qui se disait prêt à faire vingt fois le sacrifice de sa vie, il songe un instant à jeter son bouclier dans la plaine. Dieu ! si le colosse allait le broyer entre ses bras d'airain ! C'est l'art qui vient alors sécher ses premières larmes, pendant les longues nuits d'hiver sans feu et quelquefois sans pain. S'il n'avait pas foi en lui, que deviendrait-il dans un de ces moments terribles ? Et feras-tu, ô lecteur, un crime à ce poète de naître et de mourir avec l'idée de sa supériorité, le pressentiment qu'il a reçu sur ses lèvres le baiser brûlant de la Muse ? Le culte inavoué qu'il a pour lui va devenir sa Providence. Une saine réaction se produit dans ses idées, et l'étonnement y succède bientôt à la terreur. Il se ressaisit, de nouveau mesure ses forces, continue la lutte. Tous les travers qu'il avait en province, toutes ses excentricités de langage et d'allures, en un mot ce que Blaise Pascal appelle *les idées de derrière la tête*, l'abandonnent comme par enchantement au milieu de l'océan parisien. L'âge arrive, et la transformation se complète. Bientôt il est aux prises avec les plus graves difficultés de la vie littéraire ; il rôde autour de l'Odéon, en cachant ses manuscrits, qui l'empêcheraient de devenir l'ami de Duquesnel. Mais il a l'âme vaillante, il est bon gladiateur. Dans quinze ou vingt ans, si la destinée est logique avec lui, devenu chauve et peut-être décoré, il ira revoir la maison de ville de son oncle, fera sauter sur ses genoux les enfants de sa cousine, et, — semblable à Robin, qui se souvenait toujours de ses flûtes, — repartira le lendemain pour Paris sans détourner la tête. Ainsi soit-il.

Voilà, cher lecteur, à peu près tout ce que j'avais à te dire. Un autre, à ma place, n'eût pas manqué de te raconter par le menu ses petites affaires, *domestica facta*; j'ai préféré tailler avec toi quelques bavettes littéraires, et m'estimerais trop heureux si j'avais pu te réconcilier avec les parnassiens. Gozlan s'écriait, il y a vingt ans, que les races étrangères finiront un beau jour par dévorer la nôtre et que le dernier de nos troubadours ira servir de marmiton dans une cour du Nord. Cette sentence n'est peut-être qu'une boutade de plus à l'actif de mon spirituel et regretté compatriote. Ce qu'il y a de sûr, malheureusement, c'est qu'un temps viendra où les poètes iront rejoindre les kings-charles et les abonnés de *la Défense*; aussi ne saurais-je trop t'engager, ami lecteur, à profiter des quelques notes qu'ils ont encore dans le gosier. Laisse chanter ces pauvres hères, laisse clocheter leurs rimes d'or. Et, comme disait Banville en parlant de sa commère Alizon, souviens-toi, dans ton propre intérêt, que leur chanson « n'est pas la plus mauvaise. »

Tancrède MARTEL.

Marseille, le 25 août 1878.

BALLADE

EN GUISE DE PRÉLUDE

BALLADE

EN GUISE DE PRÉLUDE

C'est le temps des folles chansons
Dans mon beau pays de Provence.
Les oiseaux peuplent les buissons,
Et l'heur des cigales commence.
Les êtres sont fous de cadence :
Rimeur, j'ai ma guitare en main
Pour chanter mes vers en démence.
Il est à moi, le grand chemin !

Venez, ô folâtres pinsons !
Et beautés pleines d'espérance,
Le temps passera des moissons.
Vieillards au crâne au beurre rance,
Bourrez votre pipe à l'avance ;

Versez dans ma coupe du vin,
Des chanteurs c'est la récompense.
Il est à moi, le grand chemin !

La brise emporte au loin les sons ;
Mais, par Bacchus ! vive la danse !
Aujourd'hui nous nous trémoussons
Et faisons bonne contenance,
Malgré notre piètre existence.
Je ferai des sonnets demain,
Si je pousse jusqu'à Florence.
Il est à moi, le grand chemin !

ENVOI

Bourgeois ! à ta tête je lance,
Héroïque comme un Romain,
Ce prélude plein d'arrogance.
Il est à moi, le grand chemin !

Juin 1878.

LES

FOLLES BALLADES

BALLADE

CONTRE

LES JOUEURS DE MIRLITON

A LOUIS BRÈS

En ce ridicule univers,
La chose la plus enfantine
Est celle de faire des vers
Pleins de la brise sorrentine.
Quand Ronsard cueille une églantine
Et que Marot baise un téton,
Je mange de la galantine.
Je n'aime pas le mirliton.

Qu'ils soient revêtus d'habits verts,
Tous ceux dont la Muse butine,
Ou mués d'hommes en piverts!
J'aime mieux du beurre en tartine

Qu'une élégie à Valentine,
Et j'adore un pâté de thon
Plus qu'un voyage en Palestine.
Je n'aime pas le mirliton.

Les lakistes sont des pervers;
Et Villon, l'amant de Martine,
Leur eût volé tous les hivers
Force gâteuses en ratine.
Que l'on nourrisse à la cantine
Et qu'on mette dans du coton
Tous ces marchands de veloutine!
Je n'aime pas le mirliton.

ENVOI

Quand Pégasus au ciel trottine,
Il ne vaut pas un ducaton.
Le diable emporte Lamartine!
Je n'aime pas le mirliton.

1878.

BALLADE

A

L'ÉPICIER DU COIN

> *Garde national que vous êtes.*
> THÉOPHILE GAUTIER.
>
> *C'est encore un épicier !*
> HENRY MONNIER.
>
> *Épicier, tu nous a dupés...*
> ODRY, Chanson des Bons
> gendarmes.

O mon impayable voisin,
O cœur épris de la cannelle,
Qui possèdes un magasin
Et t'enveloppes de flanelle !
Écoute cette ritournelle,
Qui t'est chère, ô produit truffé !
Le vin est bon, la gouge est belle,
Pilons du poivre et du café !

Tout meurt : Corinthe et son raisin,
Les Crétois et leur fustanelle.

Mais ta femme avec son cousin
Joue encore de la prunelle;
Et, sur un air de villanelle,
Le caraco tout dégrafé,
Cueille avec lui la pimprenelle...
Pilons du poivre et du café!

J'offre la chaire de Bazin
Contre un litre de moscatelle
Et mon étrier sarrasin
Pour le manoir de Bagatelle;
Car votre logique est cruelle,
Gens au grand livre parafé:
Le laurier touche à l'asphodèle...
Pilons du poivre et du café!

ENVOI

Puisqu'un jour par un Delobelle
Nous remplacerons un Bouffé,
Michot peut devenir crécelle.
Pilons du poivre et du café!

Avril 1876.

BALLADE

SUR

LA BARBE D'UN CHINOIS

> *Et voilà que tout à coup, parmi*
> *tant de barbes rondes, ovales, car-*
> *rées, qui floconnaient, qui frisaient,*
> *qui exhalaient ambre et benjoin,*
> *fut remarquée une barbe taillée en*
> *pointe.*
> ALOYSIUS BERTRAND, Gaspard de la Nuit.

Du temps qu'il gérait le Tremplin,
C'était une barbiche folle
De vieux bonze ou de mandarin.
Depuis elle a changé de rôle;
On la prendrait, sur ma parole,
Pour celle du Père Éternel :
Adorons-la comme une idole,
La barbe grise de Maurel.

Sa couleur de peau de lapin
L'embellit jusqu'à l'hyperbole.

Elle a dû tremper dans le vin
Plus d'une fois; mais le Pactole
N'a pas mis la moindre pistole
Dans son poil toujours solennel.
Elle annonce une bourse molle,
La barbe grise de Maurel.

Chaque soir et chaque matin,
Maurel de sa barbe raffole :
Il l'aime beaucoup, c'est certain.
Sa main très souvent la cajole.
De droite à gauche, elle karole,
Comme les barbets d'un Vatel
Qui lèchent une casserole,
La barbe grise de Maurel.

ENVOI

Le voici, plus léger qu'Éole.
— Garçon, emportez le kummel!
Elle n'annonce rien de drôle,
La barbe grise de Maurel.

1875.

BALLADE

ÉCRITE

SOUS L'ORDRE MORAL

> *Voici le temps pour les coquecigrues.*
> THÉODORE DE BANVILLE.

On m'est venu demander ce matin
Un triolet sans rimes ni césure.
Il s'agissait, non d'un auteur latin,
Non de Garnier, non de l'architecture,
Mais simplement de faire une facture !
Veuille Érato ne point s'épouvanter
Et, jusqu'au bout, mon malheur écouter !
Bon gré, mal gré, j'ai dû changer de mine,
Car l'on m'a dit, en croyant me flatter :
Le bon ciment vient de la Valentine.

Tout est donc là : le siècle est un crétin !
Le cinq pour cent a tué la nature,
Comme le rire a tué l'Arétin.
Qu'importe alors que l'eau parfois murmure,
Que Floréal soit rempli de verdure

Et que l'on puisse ou non représenter
Un opéra nouveau sans le rater ?
L'art n'est jamais qu'une chose divine.
D'ailleurs, pourquoi sur ce point insister ?
Le bon ciment vient de la Valentine.

Desclée est morte au bel âge, ô destin !
Frédérick traîne une existence dure,
Le pauvre vieux grand homme cabotin !
Gleyre est parti pour la sombre peinture
Et d'Antigny pour le bois en voiture.
Belot persiste à vouloir enfanter,
Les fils des preux cherchent à se ganter,
L'ordre moral s'empourpre ou s'enfarine...
Horreur ! l'écho semble me répéter :
Le bon ciment vient de la Valentine.

ENVOI

Or, maintenant pourquoi se lamenter ?
Pourquoi ne pas vouloir se contenter
De cette vie éperdument mesquine ?
Corot peut peindre, et Faure peut chanter :
Le bon ciment vient de la Valentine.

1874.

BALLADE

DES

TROIS GRENOUILLES DE L'ÉTANG

La Nuit et ses prestiges.
ALOYSIUS BERTRAND.

O nuit, aimable nuit, sœur
de Luna la blonde !
THÉOPHILE GAUTIER.

Il est un capiteux bonheur,
Qui me grise autant qu'une fête :
C'est d'ouïr, à minuit, rêveur,
Tout en fumant ma cigarette,
Le rauque chant de la rainette.
Quand l'eau chantonne en clapotant,
Je suis fou de la musiquette
Des trois grenouilles de l'étang.

Lorsque, superbe de pâleur,
La pleine lune se reflète
Sur les eaux, tremblantes de peur,
Les grenouilles lèvent la tête

Avec une allure inquiète.
Lors un clairon sonne, éclatant,
Dans la nuit : c'est la chansonnette
Des trois grenouilles de l'étang.

Grenouilles, au larynx moqueur,
Je veux que l'écho le répète :
Pleins d'une exotique saveur,
Vos chants sont comme la musette
Des marais; Prudhomme est si bête
Qu'il pâlit en vous écoutant.
Mais rien ne vaut une ariette
Des trois grenouilles de l'étang.

ENVOI

Qu'on me verse une gouttelette
De porto! car je suis content
D'avoir rimé cette sornette
Des trois grenouilles de l'étang.

Mai 1877.

BALLADE

DES

BELLES GANTIÈRES

———

A EUGÈNE REYNIER

Conversation avec les anges.
CHARLES BAUDELAIRE.

O prêtresses du dieu Jouvin !
Nymphes du beurre frais, gentilles
Gantières, dont le magasin
Est parfumé comme charmilles,
Craignez la tribu des chenilles !
Fuyez les amateurs d'onguents,
Parés de superbes drapilles,
Et ne faites voir que vos gants.

Sirènes au regard divin,
Pour des mollusques sans coquilles,
Ne vous attardez en chemin
A murmurer d'amoureux trilles.

N'allez jamais, ô belles filles,
Dans les cabarets élégants,
Goûter à des pâtés d'anguilles,
Et ne faites voir que vos gants.

Impératrices du surfin,
Brunes Claras, blondes Camilles,
Vestales du gris perle enfin !
Devant les rentiers à béquilles
Ne relevez jusqu'aux chevilles
Vos robes aux plis arrogants ;
Ne grignotez que des pastilles
Et ne faites voir que vos gants.

ENVOI

O Castillanes sans mantilles,
Méfiez-vous des intrigants !
Soyez l'orgueil de vos familles
Et ne faites voir que vos gants.

Mars 1873.

BALLADE

DES

PARNASSIENS DE LA PROVINCE

A CLOVIS HUGUES

Ils possèdent une guitare,
Deux dagues et trois bicoquets.
Ils ont l'œil clair, le cheveu rare,
Des accoutrements peu coquets.
Leurs chiens sont de vilains roquets.
Fous des femmes à taille mince,
Ils leur décochent des bouquets,
Les Parnassiens de la province.

Leur humeur est folle et bizarre;
On les tient pour des paltoquets.
Leur oncle, encor jeune, est avare
Et boit sans avoir de hoquets.

Ils fréquentent les mastroquets,
Sachant que leur cousine évince
Les étrangleurs de perroquets,
Les Parnassiens de la province.

Quand ils se rendront à la gare,
Nul ne portera leurs paquets.
Ils font une ode à leur cigare,
Se donnent d'affreux sobriquets,
Plantent partout de gros piquets,
Font baron Banville, Hugo prince;
Et pour fusils disent : mousquets,
Les Parnassiens de la province.

ENVOI

Honneur aux porteurs de toquets!
C'est pour l'art que leur âme en pince;
Ils ont les vers pour bilboquets,
Les Parnassiens de la province.

Juin 1877.

BALLADE

POUR

JANE LA BLONDE

—————

Carpe diem, quam minimum
credula postero.
HORACE.

Je n'aimerai plus rien quand
je vous oublierai.
FRÉDÉRIC SOULIÉ.

Pour aller flâner dans les bois
Et s'égarer sous un mélèze;
Pour chanter des couplets grivois,
Avoir le sein chaud comme braise
Et vivre en plein dans l'antithèse;
Pour mettre un ruban à Médor
Et dire : Non! quand on la baise,
Jane la blonde est un trésor.

Il n'est pas de plus frais minois
Que le sien, entre parenthèse,

Quand elle va d'un air narquois
Croquer la cerise ou la fraise,
En écoutant quelque fadaise.
Pour lisser sa crinière d'or,
Brûler vos vers et votre thèse,
Jane la blonde est un trésor.

Ses membres ne sont jamais cois.
A l'égal d'une Mâconnaise,
Elle ne peut, même une fois,
Rester tranquille sur sa chaise.
Pour un col à la Louis treize,
Elle irait, en jouant du cor
De chasse, jusques à Falaise.
Jane la blonde est un trésor.

ENVOI

Entre un tableau de Véronèse
Et quatre rimes de Bouchor,
Un bon baiser la met à l'aise.
Jane la blonde est un trésor.

Janvier 1876.

BALLADE

DES

JOLIES MODISTES

Mignonne, allons voir si la rose...
    RONSARD.

En attendant la mort, qui pêche
Les gens pour les mettre en baril,
Bienheureux est celui qui pêche!
Trinquons du verre et du nombril!
    JEAN RICHEPIN, Chanson des Gueux.

Il fut un temps, un temps béni,
Où, dans les temples de la Mode,
L'on voyait Rosette et Fanny
Plus sages qu'Hindous en pagode.
Mais aujourd'hui leur esprit brode
Sur l'avenir; fi du repos!
Elles ont changé de méthode
Et ne font pas que dès chapeaux.

Plus d'un billet doux a jauni
Dans leur corsage, auprès d'une ode,

Car ton règne n'est point fini,
Passe-temps digne d'un rhapsode,
Amour, ô bucolique épode !
Elles ont riches oripeaux,
Linge brodé dans leur commode
Et ne font pas que des chapeaux.

Avec un sans-gêne infini,
Les modistes trouvent commode
De grossir la bande à Nini.
Lorsqu'un Crésus, vieux comme Hérode,
Le soir, près de l'atelier rôde,
Elles chantent des airs nouveaux
Sur un très peu lyrique mode
Et ne font pas que des chapeaux.

ENVOI

Depuis que l'or les accommode,
Elles bernent, à tout propos,
L'écharpe du maire et le code
Et ne font pas que des chapeaux.

Septembre 1876.

BALLADE

ÉCRITE

PAR UN TEMPS DE CHIEN

> *Madame, il fait grand vent*
> *et j'ai tué six loups.*
> VICTOR HUGO, Ruy Blas.

Le dieu des vers est mon bourreau;
Je ne sais où diable il m'entraîne.
Pour t'aller voir, chère Isabeau,
Et m'enivrer de ton haleine,
Je n'ai point d'écu qui me gêne.
Pas un sol pour du café noir
Dans une tasse en porcelaine!
Quel temps de chien il fait ce soir!

Sous le soleil rien de nouveau.
Peu de gloire et beaucoup de peine,

O Parnasse ! c'est ton cadeau
Quand de lyrisme l'âme est pleine.
J'ai bâillé toute la semaine,
Comme épagneul dans un manoir
Ou loup de mer en quarantaine...
Quel temps de chien il fait ce soir !

Ce qui met du noir au tableau,
C'est que je ne suis capitaine
Dans les archers de l'Apollo.
Passe encor si j'avais l'aubaine
D'un tout petit galon de laine :
J'enragerais moins de savoir
Mon escarcelle sans bedaine.
Quel temps de chien il fait ce soir !

ENVOI

Je te vénère, ô Melpomène !
Mais je m'endors, sans le vouloir,
Sur le récit de Théramène...
Quel temps de chien il fait ce soir !

Octobre 1875.

BALLADE

DES

RODEURS DE NUIT

A LA MÉMOIRE D'ÉDOUARD CHEVRET
Peintre, poète et loqueteux

Drapés dans d'affreux manteaux noirs
Fendus en barbe d'écrevisse,
Pour soudards sortis des manoirs
On les prendrait, quand leur pied glisse
Au seuil du bouge où va le vice;
Mais, à leur démarche sans bruit
Et toute pleine d'artifice,
On reconnaît les gueux de nuit.

Ils héritent des gais savoirs
De la misère, leur nourrice,
Et ne connaissent pour devoirs
Que d'aimer l'or en un calice

Et la neige au sein de Clarisse.
Toujours, devant chapon bien cuit,
En Gascogne comme en Galice,
On reconnaît les gueux de nuit.

Ils ont de sombres désespoirs
Sans que leur visage en pâlisse,
Et vont en bandes, tous les soirs,
Prendre la lune pour complice.
Bacchus de son jus, ô délice!
Les empourpre et partout les suit.
A la façon dont un muids pisse,
On reconnaît les gueux de nuit.

ENVOI

Bourgeois, amis de la police,
Qui sortez d'un drame à minuit,
Sachez qu'à plus d'une malice
On reconnaît les gueux de nuit.

Décembre 1877.

BALLADE

EN L'HONNEUR

DU CRANE DE MAUPIN

> *Nu comme un plat d'argent,*
> *nu comme un mur d'église,*
> *Nu comme le discours d'un*
> *académicien.*
> ALFRED DE MUSSET, Namouna.

O merveille à nous rendre fous !
O crâne pourri d'élégance !
Le marbre est moins chauve que vous ;
Mais vous avez la pétulance,
La franchise et l'exubérance :
Vous êtes un joyeux copain.
Bon compagnon jusqu'à l'outrance,
Voilà le crâne de Maupin.

Siraudin deviendra jaloux,
Siraudin hurlera : Vengeance,

Quand il verra ce crâne roux.
Il est nu jusqu'à l'indécence,
Ce crâne de fière prestance.
Arrogant, presque galopin,
Belliqueux plus qu'homme de France,
Voilà le crâne de Maupin.

Qu'il vente ou que le temps soit doux,
A jeun comme dans la bombance,
Ce crâne est toujours en courroux.
Hanté par quelque manigance,
Parfois il tremblote en cadence.
Fier comme un gueux de Richepin,
Courageux comme un fer de lance,
Voilà le crâne de Maupin.

ENVOI

Radieux comme l'espérance,
Insolent comme un vieux tapin,
Poli comme un vers de Térence,
Voilà le crâne de Maupin.

Août 1876.

BALLADE

A

MON CHEF DE BUREAU

J'ai, dit-il, dans mon écurie,
Un fort beau roussin d'Arcadie.
LA FONTAINE, Fables.

Quand la voix du maître l'appelle,
Le chef comme un fou va trottant;
Mais, devinant une querelle,
Il se retourne en hésitant,
Il vous prend un air épatant,
L'air qu'aurait une huître en goguette.
Ce début paraît ragoûtant,
Mais le chef a perdu la tête.

Il suffirait d'une étincelle,
D'une seconde, d'un instant,
Pour rendre la scène plus belle;
Le chef est très calme pourtant.

Il en a vu tant et puis tant
Qu'il croit assister à sa fête.
Le silence est inquiétant,
Mais le chef a perdu la tête.

Tout à coup, ô frayeur mortelle !
Le chef s'enfuit tout haletant,
Comme le barbet de Nivelle,
Et le maître lui dit : Va-t'en !
Par un coup de gueule éclatant.
Quelqu'un a pris une allumette,
Le gaz s'allume en tremblotant ;
Mais le chef a perdu la tête.

ENVOI

Nos gens ne flânent pas autant,
La caisse paraît rondelette,
Le comptable a l'air très content ;
Mais le chef a perdu la tête.

1873.

BALLADE

RIMÉE

A LA PORTE D'UN TRAITEUR

Depuis quand déjeune-t-on deux jours de suite ?
HENRY MURGER, Vie de bohème.

Il n'est point d'oiseaux au Brésil,
De tourte au gras ou de brioche,
De monolithe au bord du Nil,
De bémol ou de double-croche,
Qui priment becfigues en broche ;
Et je tiens pour un vrai penseur
Le loqueteux, dont l'œil s'accroche
Devant la porte d'un traiteur.

Le célèbre Mignot a-t-il,
Au temps fou du médianoche,
Couché sur un lit de persil
Ces nobles jambons, où ricoche

L'or du soleil? Voir jouer Doche
Et s'habiller en débardeur
Sont autant de mouches du coche,
Devant la porte d'un traiteur.

Dame dorade, sur le gril,
Avec sa bonne odeur de roche,
Égale les fleurs de l'avril,
Quand du dîner tinte la cloche.
Jamais, au grand jamais, Mardoche,
Cette bluette en bonne humeur,
N'a voulu sortir de ma poche
Devant la porte d'un traiteur.

ENVOI

Gens de lettres et de basoche,
Je permets un propos moqueur;
Car on nous prépare une loche...
Devant la porte d'un traiteur.

Février 1874.

BALLADE

SUR

LES COUREURS DE GUILLEDOU

A LÉOPOLD FLAMENG
Aquafortiste

*Salax taberna, vosque
contubernales...*
CATULLE.

*Ce sont des garçonnets sournois,
Hardis au pourchas de la gueuse.
Fleuris comme de bons bourgeois,
Ils ont une allure joyeuse,
Sous le veston ou la vareuse.
Sans se parfumer au cachou,
Le soir, lestés de leur chartreuse,
Ils vont courir le guilledou!*

*Ils descendent en tapinois
Dans la ruelle tortueuse,*

Et, doux comme un air de hautbois,
Courent sus à la plus affreuse.
Pleins d'une flamme langoureuse,
Leurs yeux dévorent le genou
Et le sein de la malheureuse.
Ils vont courir le guilledou !

Mais l'âge ride leur minois.
Adieu la chasse à la coureuse !
Cassés, le corps tout de guingois,
La face pâle et souffreteuse,
Ils prennent une entremetteuse ;
Et, comme ils tiennent du matou,
Malgré leur charpente quinteuse,
Ils vont courir le guilledou !

ENVOI

Telle est cette race fameuse
D'êtres voués au Désir fou.
Leur aventure n'est fâcheuse :
Ils vont courir le guilledou !

Août 1878.

BALLADE

FREDONNÉE

SOUS LES FENÊTRES D'UN LIBRAIRE

———

> *Oiseau rare sur cette terre.*
> JUVÉNAL, Satires.

Il m'est avis que le bonheur
Tient pour moi dans bien peu de chose :
Il me faudrait un éditeur.
Ici-bas, l'écrivain compose,
Mais c'est Lemerre qui dispose.
Ah! qu'il aurait un riche accueil
S'il me disait en simple prose :
Venez, je vous édite à l'œil.

Pour d'heureux mortels, l'imprimeur
Met des titres sur papier rose,
Jaune, vert ou d'autre couleur.
D'aucuns, quand leur œuvre est éclose,

Prennent de Jupiter la pose,
Vont se montrer aux gens d'Arcueil;
Et ces simples mots en sont cause :
Venez, je vous édite à l'œil.

D'autres, tranchant du Monseigneur,
Font du lard à très forte dose,
Et gagnent les galons d'auteur
Avec la truffe du Potose.
L'or a fait la métamorphose;
Eux font la roue, et, pleins d'orgueil,
Disent qu'on leur chanta la glose :
Venez, je vous édite à l'œil.

ENVOI

Ces farceurs ont trop la chlorose
Pour gagner un jour le Fauteuil.
Nul ne leur dira, je suppose :
Venez, je vous édite à l'œil.

Octobre 1876.

BALLADE

ÉCRITE

AU FOND D'UNE TAVERNE

A ANDRÉ JULLIEN

Tout aux tavernes et aux filles.
VILLON.

Ami, le moselle mousseux
Est un cru de premier mérite
Et que je recommande à ceux
Qui dînent d'une sole frite.
Il faudrait aimer la guérite
Ou n'avoir qu'un maravédis
Pour dédaigner la laryngite.
La taverne est un paradis !

J'aime à voir le bonnet crasseux
Du marmiton, la lèchefrite
Qui s'emplit d'un air paresseux.
J'ai gagné plus d'une gastrite

A manger double, et je médite
Quelquefois devant un radis :
Tout homme est une cucurbite.
La taverne est un paradis !

Je hais les liquides gazeux
Presque à l'égal de l'eau bénite ;
Mais, avec ses tons vert pisseux,
Le camembert m'eût fait ermite :
Quand je lisais du Théocrite
Dans les beaux jours du temps jadis,
Les yeux me sortaient de l'orbite...
La taverne est un paradis !

ENVOI

Mon cher, si tu n'es sybarite,
Va te loger dans un taudis
Ou dire du mal d'Aphrodite.
La taverne est un paradis !

Décembre 1876.

BALLADE

DÉDIÉE A CEUX

QUI EN PINCENT POUR LE VERS

———

> *Nul bien sans peine.*
> PIERRE PUGET.

Puisque le guignon nous poursuit
Ici-bas à grands coups de trique,
Que nos noms sortent de la nuit !
Gagnons la timbale homérique,
Ou bien, après un pique-nique,
Quelque marchand de roquefort
Murmurera d'un ton cynique :
Les poètes ont toujours tort.

Ayons la haine du pain cuit,
De l'eau claire et de la musique
Des mirlitons au grêle bruit.
Sans la guitare romantique

Que *Lemerre* a dans sa boutique
Et dont il écoute l'accord
Vibrer, sonore et frénétique,
Les poètes ont toujours tort.

Malgré l'épicier qui s'enfuit
A notre approche, la pratique
Dégustera notre produit.
Les bourgeois, ces vieux as de pique,
Franchiront un jour le portique
De l'asile, où le vers se tord
Sous le marteau : sans la métrique,
Les poètes ont toujours tort.

ENVOI

Bouffons de l'espèce lyrique,
Soignons nos rôles, car la mort
Viendra nous donner la réplique !
Les poètes ont toujours tort.

1878.

BALLADE

SUR

LE VENTRE DE M. BOULLASQUE

Le mauvais temps me fait cracher.
Devise de PETRUS BOREL.

Solennel comme un vieux notaire
Et joyeux comme ces bichons
Qui peuplaient jadis l'Angleterre,
Ce ventre a des airs folichons.
Si quelque jour nous l'embrochons,
Malgré sa profondeur fantasque,
Nous remplirons de cornichons
Le ventre de Monsieur Boullasque.

Or, ceci n'est point un mystère :
Ce gros ventre, où nous décochons
Nos brocards, chaud comme un cratère,
Répète sans cesse : Péchons !

Si jamais nous nous approchons
De lui, nous ferons une frasque ;
Gare à nos mains ! si nous touchons
Le ventre de Monsieur Boullasque.

Vaillant comme un gars de Nanterre,
Le doux ventre que nous bêchons,
Quoique atteint du ver solitaire,
Ensanglantera nos torchons !
D'avance nous nous en léchons
Les doigts, dans les bureaux du Masque :
Il a le lard de trois cochons,
Le ventre de Monsieur Boullasque.

ENVOI

Tout en vidant quelques cruchons,
Coiffons-nous le nombril d'un casque,
Et, pour le truffer, écorchons
Le ventre de Monsieur Boullasque.

14 mai 1878.

BALLADE

DU

BEAU TEMPS DE LA BOHÈME

A CHARLES MONSELET

Pendant longtemps, le dieu Momus a fait
Grandir en nous la joyeuse chimère.
Nous vivions tous dans un calme parfait;
On cultivait la chanteuse légère,
Et l'on fumait la pipe; au fond du verre,
L'aï parfois brillait comme un flambeau.
Vieilles chansons avec un air nouveau,
Nos jeux étaient l'article et le poème;
Et nos tailleurs se jetaient tous à l'eau.
Il est passé, le temps de la bohème.

Tout notre clan de rire s'esclaffait
Quand l'Institut élisait un compère.
A la François premier, l'on se coiffait.
Chacun portait au col un exemplaire
Des Jeunes-France en guise de rosaire,

Cromwell — *avec préface — sur la peau*
Et l'Ane mort *dans le fond du chapeau.*
Rien qu'à nous voir, le bourgeois était blême
Et nous forçait à parler de Boileau...
Il est passé, le temps de la bohème.

Ores, la vie a l'air d'être un bienfait.
La destinée, ironique et sévère,
A fait plus d'un des nôtres sous-préfet !
Le sort, voulant contenter plus d'un père,
Nous met au dos l'habit noir du notaire :
Chose plus grave, il n'est pas de rondeau
Qui n'aille au feu ; rien ne nous paraît beau.
Nous murmurons rarement : Je vous aime,
Et nous mettons nos écus en rouleau.
Il est passé, le temps de la bohème.

ENVOI

D'aucuns tenant à manger du perdreau
Sont aujourd'hui la gloire du barreau ;
D'autres, hélas ! ont parcouru Barême,
Et j'en connais qui sont chefs de bureau !
Il est passé, le temps de la bohème.

16 mars 1878.

COMMENTAIRE

DE L'AUTEUR

COMMENTAIRE

DE L'AUTEUR

Page 6.

Ballade contre les joueurs de mir-
liton. — *Joueurs de mirliton, page 6,* poètes du
genre ennuyeux se rattachant, comme de juste, à
l'école classique.

*Qu'ils soient revêtus d'habits verts, page 6,
strophe 2.* — L'horreur qu'inspire l'Institut à la
jeunesse des écoles, depuis certaines élections aca-
démiques, est loin d'être une chimère, comme di-
rait M. Scribe. Nous nous rappelons encore, et non
sans une certaine émotion, avoir *vice-présidé* la
Société des *Chevaliers d'Hébé,* dont les statuts
étaient aussi courts que significatifs : « *Article pre-
« mier. Il est expressément défendu aux sociétaires*

« *de pousser la distraction jusqu'à devenir membres*
« *de l'Académie française, à moins qu'ils ne justi-*
« *fient d'un état de gâtisme complet. — Art. 2. Tous*
« *les divertissements non visés par l'article pre-*
« *mier sont absolument permis. — Art. 3. Le com-*
« *missaire de police du quartier est autorisé à se*
« *mêler de ce qui ne le regarde pas, afin de per-*
« *mettre à l'article 2 d'avoir la vie longue.* »
Ces diaboliques statuts, devant être signifiés dans le
plus bref délai au commissaire de l'arrondissement
du Lycée, furent placardés une nuit sur la lanterne
de ce magistrat, qui crut pendant longtemps *avoir
découvert l'existence d'une seconde Internationale*
(textuel).

Lakistes, page 7, strophe 2, simple variété de
l'espèce joueurs de mirliton. Ce sont ceux qu'Alfred
de Musset appelait « les rêveurs à nacelles, les
amants de la nuit, des lacs, des cascatelles. » Les
débordements de la gent pleurarde et mal peignée,
qui a fait du pastiche et de l'imitation lamartinienne
un principe littéraire, nous ont forcé, dix vers plus
loin, à crier : *Le diable emporte Lamartine!* déplo-
rable extrêmité à laquelle nous regrettons sincère-
ment de nous être porté.

Villon, page 7, strophe 2. Ce grand et pittoresque poète n'aimait point les classiques. Les
œuvres de ses disciples contiennent le récit de plus
d'un bon tour joué à des professeurs de l'Univer-
sité.

Page 8.

Ballade a l'épicier du coin. — *Leur fustanelle, page 8, strophe 2.* Ce joli vêtement plissé à la ceinture commence à être fortement délaissé par les descendants de Périclès. La fustanelle blanche finira par disparaître entièrement de ce monde, et les knémides brodées iront, hélas! la rejoindre, ces mêmes knémides qui forçaient Homère à appeler les soldats d'Agamemnon : *euknémidoi Achaioi,* Grecs bien bottés!

La chaire de Bazin, page 9, strophe 2. François Bazin, compositeur de talent, membre de l'Institut, professeur de grande composition au Conservatoire, mort à Paris le 2 juillet 1878.

Bagatelle, page 9, strophe 2, petit pavillon, d'une architecture assez médiocre, situé aux portes de Paris. Il fut bâti par le duc d'Artois, à la suite d'un pari fait avec Marie-Antoinette.

Delobelle, page 9, strophe 3, type amusant de comédien paresseux et prétentieux créé par Alphonse Daudet, dans son beau roman de *Fromont jeune et Risler aîné.*

Michot, page 9, strophe 3, ancien ténor du Théâtre-Lyrique, de l'Opéra-Comique et de l'Académie de musique, que la voix abandonne de jour en jour.

PAGE 10.

BALLADE JOYEUSE SUR LA BARBE D'UN CHINOIS. — Jules Maurel, surnommé *le Chinois,* est un ancien journaliste que l'on appelait aussi dans l'intimité *le sire de la Grisebarbe.* Sa barbe, semblable à celle que portait le preux Charlemagne, est demeurée légendaire dans les fastes de la bohème de province.

Le Tremplin, page 10, strophe 1, petite feuille satirique, dont le gérant responsable et joyeux était Jules Maurel.

Kummel, page 11, strophe 3, excellente liqueur russe. La meilleure qualité vient de Riga. Le seigneur de la Grisebarbe l'avait prise en affection et faisait en sa faveur de fréquentes infidélités à la bière.

PAGE 12.

BALLADE ÉCRITE SOUS L'ORDRE MORAL. — *Garnier, page 12, strophe 1,* architecte du nouvel Opéra, membre de l'Institut. Gautier, qui l'appelait le grand maître du fronton, de l'astragale et du feston, lui a adressé une poésie monorime aujourd'hui célèbre.

La Valentine, page 12, strophe 1, hameau des Bouches-du-Rhône, où se trouvent (ô réalisme!) des mines de ciment romain.

Un opéra nouveau, page 13, strophe 1. Il s'agit ici de *Pétrarque,* opéra de M. Hippolyte Duprat, représenté à Marseille quelque temps auparavant, avec une interprétation assez défectueuse.

Desclée, page 13, strophe 2. Aimée-Olympe Desclée, jeune première du Gymnase-Dramatique et la plus grande comédienne de son temps, morte comme Rachel à trente-huit ans, le 10 mars 1874. Cette artiste, dont le souvenir est lié désormais à la comédie de *Froufrou* et au grand répertoire de Dumas fils, demeurera comme le type le plus parfait de *la sensitive* au théâtre. Elle appartient par là à cette école qu'ont illustrée La Champmêlé, Armande Béjart, Marie Dorval, Rachel, Mimi Thuillier, Delphine Fix, Sarah Bernhardt.

Frédérick, page 13, strophe 2. Le grand acteur des temps romantiques se trouvait alors dans une gêne très voisine de la misère.

Gleyre, page 13, strophe 2. L'admirable peintre des *Illusions perdues* et des *Romains passant sous le joug* venait à peine de mourir.

D'Antigny, page 11, strophe 2. Blanche d'Antigny, actrice des Folies-Dramatiques, grande et belle fille fort à la mode pendant les dernières années de l'Empire. Morte jeune encore, mais non repentie.

Belot, page 13, strophe 2. C'est Adolphe Belot, romancier digne d'avoir vu le jour dans l'île de Lesbos, où il aurait écrit pour toutes ces dames du saut de Leucade. Cet indiscret littérateur a dans son

bagage une bonne chose : *le Testament de César
Girodot,* comédie.

Corot, page 13, strophe 3. Le grand, naïf, pittoresque et bucolique artiste, qui faisait de si jolis ta-
bleaux en fumant « pipette ».

Faure, page 13, strophe 3. Le roi des barytons :
Vin, dissipe la tristesse, etc. (Hamlet.)

PAGE 14.

BALLADE DES TROIS GRENOUILLES DE
L'ÉTANG. — Ce folâtre trio de batraciens n'ha-
bitait point un étang, mais bien la magnifique gre-
nouillère du square de la place de la Bourse. Natu-
rellement, les chants aquatiques qui s'échappaient
de là n'étaient que médiocrement goûtés des courtiers
et des magasiniers du quartier.

PAGE 16.

BALLADE DES BELLES GANTIÈRES. — Elles
habitent toujours la rue Saint-Ferréol, rue que
M. Edmond About s'obstine à considérer comme
une simple succursale de la rue Vivienne. Mais je
ne réponds pas qu'elles suivent à la lettre les con-
seils que leur donnait ma ballade.

Claras, Camilles, page 17, strophe 2. Je n'ai
jamais connu de Camille brune, ni de blonde qui ait
porté le nom de Clara.

Page 18.

BALLADE DES PARNASSIENS DE LA PROVINCE. — Toutes les personnes qui sont un peu au courant du mouvement littéraire contemporain savent que ce nom de Parnassiens sert à désigner les jeunes poëtes apparus en France, il y a quinze ans, et groupés depuis autour de leur chef incontesté, M. Leconte de l'Isle, l'un des premiers littérateurs de notre époque. Les principaux membres de cette vaste association sont, après l'auteur des *Érynnies*, MM. Sully-Prudhomme, François Coppée, Mendès, Anatole France et André Theuriet. Quoique fondé en 1861, ce groupe littéraire, dont les deux premiers adhérents furent Catulle Mendès et Albert Glatigny, ne commença à avoir une existence officielle qu'au moment de l'apparition du *Parnasse contemporain,* publié cinq ans après par Alphonse Lemerre, le libraire-juré de la corporation des Parnassiens. Les autres publications de l'école sont : *le Tombeau de Théophile Gautier* et le livre des *Sonnets et eaux-fortes,* dû à la collaboration de quarante-deux sonnettistes, parmi lesquels trente guerroyaient sous la bannière de Leconte de l'Isle.

A l'heure actuelle, le groupe des Parnassiens compte environ cent vingt poëtes et cinq poétesses seulement depuis la mort de Louisa Siefert, auteur de quatre volumes de vers et d'un roman très remarquable : *Méline*. Il existe en outre les Parnassiens de la musique, dont le plus en vue est M. Camille Saint-Saëns, et ceux de l'eau-forte. Parmi ces derniers, on cite volontiers MM. Félix Régamey, Tancrède Abraham, Léopold Flameng et même Jules Jacquemart. Les principaux organes parnassiens ont été la fameuse *Revue fantaisiste*, fondée par Mendès à son arrivée à Paris ; *la Renaissance artistique et littéraire*, dont la rédaction en chef avait été confiée à Émile Blémont ; *la Vie littéraire*, excellent journal que dirige M. Albert Collignon, et *la République des Lettres*, revue des plus militantes qui a fini par succomber, l'an dernier, malgré la valeur de sa rédaction.

PAGE 20.

BALLADE POUR JANE LA BLONDE. — Cette mignonne croqueuse de pommes, qui se nommait Anna T..., était Parisienne jusqu'au bout des ongles et descendait en droite ligne de Musette et de Mimi Pinson. Blonde comme les blés le sont dans la chanson de *Fortunio* et comme le furent en ce monde la comtesse Kolowrat, Amédine Luther et Louisa Melvil, elle figura dans les pages du roi Matapa, à une représentation de la féerie *la Chatte blanche*, au théâtre Vallette, où elle se lia d'amitié avec Céline Montaland. Avide de vivre parmi des artistes, elle pénétra un jour dans notre petit clan de rapins et de rimeurs et y fit sensation. Cette aimable et spirituelle créature nous tenta les uns après les autres, en nous imposant comme condition que le seigneur et maître du moment porterait le nom de Jason, d'où nous fîmes *jasonat* en souvenir de la Toison d'or. C'était l'équivalent du consulat dans l'ancienne Rome et de l'archontat chez les Grecs ; et ce fut à propos de ces fonctions qu'un jour de discus-sion intime, notre ami H..., aujourd'hui grand prix de Rome, prononça cette phrase terrible, en regar-dant certain couple perdu dans un coin de l'atelier : « Sachez que sous mon *jasonat* elle a toujours eu des bottines ! » — Jane la blonde mourut à vingt ans, des suites de la même imprudence qui coûta la vie à Marion Delorme, si toutefois la version de Tallemant des Réaux est exacte. Elle est d'elle, cette maxime qui ne part pas à coup sûr d'un esprit vulgaire : « Les femmes perdent à être connues tout ce que les hommes y gagnent. »

Et quatre rimes de Bouchor, page 21, strophe 3. Au moment de la publication de cette ballade, le poète Maurice Bouchor promenait volontiers son profil apollonien sur les trottoirs de la Cannebière.

PAGE 26.

BALLADE DES RÔDEURS DE NUIT. — *Édouard Chevret, page 26,* peintre original que l'on avait surnommé *le Charlet marseillais*, a laissé trois ou quatre poèmes, parmi lesquels se trouvent *la Guillotine* et *la Rubanomanie*, et demeura toute sa vie le plus endurci des bohèmes.

PAGE 28.

BALLADE EN L'HONNEUR DU CRANE DE MAUPIN. — *Maupin, page 28.* En réalité c'est Léon L..., écrivain de la petite presse marseillaise, fanatique de Balzac au point de prendre ses pseudonymes dans *la Comédie humaine*. Son crâne n'a, depuis longtemps, plus rien à envier à celui de Siraudin.

PAGE 30.

BALLADE A MON CHEF DE BUREAU. — Ce fut lui qui prononça cette phrase si étonnante que je l'ai soulignée dans la ballade écrite sous l'ordre moral : *Le bon ciment vient de la Valentine.* Même après quatre ans de réflexion, je ne trouve rien d'aussi expressif, pour caractériser ce tyran minuscule, que l'épigraphe empruntée à l'ami de Mme de la Sablière.

PAGE 36.

BALLADE FREDONNÉE SOUS LES FENÊTRES D'UN LIBRAIRE. — *Gagner le fauteuil, page 37, strophe 3.* Ce fauteuil n'est autre que celui sur lequel vont s'asseoir les Quarante, au palais Mazarin.

Page 40.

BALLADE DÉDIÉE A CEUX QUI EN PINCENT POUR LE VERS. — *Roquefort, page 40, strophe 1,* fromage d'une réputation européenne, mais dont les marchands passent tous pour être nés en Béotie.

La guitare romantique de Lemerre, page 40, strophe 2. Voir sur cet éditeur, que M. Francisque Sarcey appelle un fin Normand, la note de la page 55 relative aux Parnassiens.

Les bourgeois, ces vieux as de pique, page 41, strophe 2. Tout le monde sait que le jour de la *bataille* d'*Hernani,* le 25 février 1830, au moment de l'exclamation d'Hernani : *Vieillard stupide,* etc., un bourgeois classique, chauve et dur d'oreille, s'écria de sa place : *Vieil as de pique! quelle littérature! C'est trop fort.* A quoi le spirituel statuaire Préault répondit d'une voix terrible : *A la guillotine, les genoux!* Le nom d'*as de pique* fut impitoyablement appliqué par les romantiques, à partir de ce moment, à tous les gens établis, officiers ministériels, droguistes ou propriétaires.

Page 42.

BALLADE SUR LE VENTRE DE M. BOULLASQUE. — M. Boullasque, dont le nom se trouve ici augmenté de deux lettres, professe, à l'endroit des jolies actrices, les opinions du fameux docteur Véron, et voudrait, comme le Minotaure, dévorer les plus belles filles d'Athènes. Son abdomen est un des plus beaux produits du xixe siècle.

Le Masque, page 43, strophe 2, journal artistique et littéraire fondé en 1868, et spécialement consacré aux théâtres.

PAGE 44.

BALLADE DU BEAU TEMPS DE LA BOHÈME. — *Le dieu Momus, page 44, strophe 1.* Afin de demeurer dans les saines traditions romantiques, les artistes et les littérateurs marseillais se réunirent un jour au *Café Momus,* qui ne tarda pas à devenir un cénacle bruyant mais original. Au Café Momus succédèrent l'atelier de la rue du Tapis-Vert, celui de la rue Fortia et le Café Cardinal, où venait Glatigny, alors improvisateur au Casino. La poésie, l'architecture, la musique, la peinture, l'art dramatique, la médecine et le journalisme politique et littéraire y furent largement représentés. Depuis, comme dit Gautier, chacun s'est dispersé « au pourchas de la gloire et du pain quotidien. » Quelques-uns des membres de ces divers cénacles ont fait leur chemin dans les arts, les lettres ou la politique; d'autres sont devenus fonctionnaires; mais aucun n'a fait fortune. Les pérégrinations de ces bohé-

miens sont racontées tout au long dans deux char-
mants livres de M. Horace Bertin : *Marseille in-
connu* et *l'Histoire des cafés de Marseille*. A l'heure
qu'il est, le Café de Paris est devenu le dernier
boulevard de ceux qui regrettent Momus.

Les Jeunes-France, page 44, strophe 2. C'est le
titre d'une série de romans goguenards, étincelants
de verve et d'humour, dans lesquels Théophile Gautier s'est attaché à peindre les mœurs de ses amis
les hugolâtres.

Cromwell, page 45, strophe 1, gigantesque drame
en vers de Victor Hugo, dont la longue et lumi-
neuse préface, publiée en 1829, devint la Bible de
tous les cœurs romantiques.

L'Ane mort, page 45, strophe 1. Pas n'est besoin
de dire que *l'Ane mort et la Femme guillotinée* est
un roman du genre frénétique, dû à la plume de
Jules Janin et publié en 1829. Ce livre, malgré les
grandes qualités de son style et quelques passages
saisissants, n'est plus considéré aujourd'hui que
comme une simple curiosité littéraire.

TABLE

Achevé d'imprimer

LE QUINZE MAI MIL HUIT CENT SOIXANTE-DIX-NEUF

PAR

A. QUANTIN ET Cie, A PARIS

POUR

J. P. LAVEIRARIÉ, ÉDITEUR

MARSEILLE

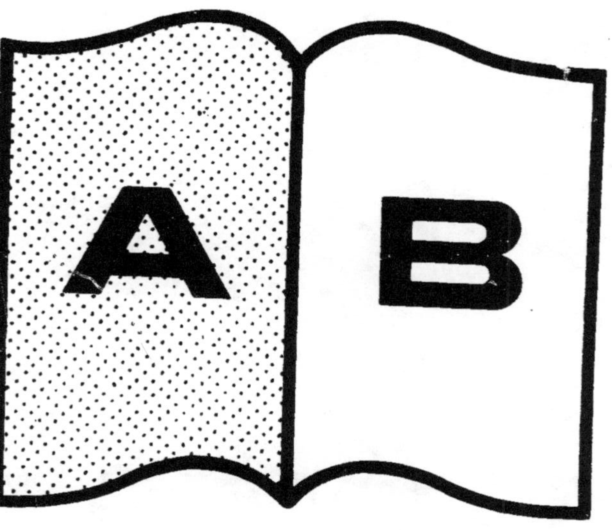

Contraste insuffisant

NF Z 43-120-14